PAUL MÉRAL

LE DIT DES JEUX DU MONDE

IL A ÉTÉ TIRÉ DE CET OUVRAGE :

DEUX EXEMPLAIRES SUR SIMILI-PARCHEMIN HORS-COMMERCE
HUIT EXEMPLAIRES SUR PAPIER ROMA HORS-COMMERCE

ET

TROIS CENTS EXEMPLAIRES SUR PAPIER VÉLIN.

Le Dit des Jeux du Monde est dédié
à Lady Mary-Lilian Rothermere dont
la merveilleuse personnalité l'inspira.

LA REPRÉSENTATION DES JEUX DU MONDE.

LE LIEU est partout; il n'est même nulle part : c'est l'espace où des choses et des hommes se meuvent.

L'espace, la nuit, est une aire plane délimitée par les courbes ellipsoïdales imaginaires de ma vision limitée.
C'est la lumière qui crée la profondeur. Et elle-même ne crée ou plutôt ne provoque des profondeurs que lorsque plusieurs plans lumineux se coupent — soit à cause de la rencontre d'un corps qui les arrête et les rejette, soit à cause du passage à travers un corps qui les déforme. Et ce corps lui-même ne prend son volume que parce que des plans de lumière le heurtent.
En somme, l'espace seul existe.

LE DÉCOR sera donc inexistant, mais des plans de lumière de différentes couleurs qui coupent les corps jouants rempliront l'endroit où la représentation a lieu.
Je voudrais que leur forme, leur apparence, leur intensité et l'endroit de leurs rencontres soient déterminés par le génial et subtil Fauconnet ou par Peploe, l'intense et sublime.

LE PREMIER CHŒUR DE RÉCITANTS est invisible car il dit le monde qu'on ne voit pas et les choses qu'on va voir, ou qu'on a vues : celles-là ne sont pas plus visibles.
C'est une partie de lui qui dira le cantique des naissances, le cantique des vies, le cantique des morts.

LE DEUXIÈME CHŒUR DE RÉCITANTS est celui qui dit les danses. Il se trouve autour des danseurs, plus petit que ceux-ci, et il participe à leur exaltation. LES DANSEURS dansent tandis que le rythme élémentaire de la danse est frappé des mains par le chœur immobile.

Il n'y a pas de musique car la danse est l'expression du désir qui peut se transmuer en gestes d'effroi et gestes de volonté. Mais c'est toujours le geste nécessaire autant que spontané et les sons suscitateurs et excitants sont inutiles à l'exaltation de l'ennemi pour la danse de guerre haineuse et de l'homme exaspéré par le prurit d'amour.
La musique-décor est reléguée aussi car il y a l'espace et ses mouvements rendus visibles qui la remplacent : avant tout le jeu est un Spectacle.

Et à la fin de la danse LE DANSEUR s'arrête dans une attitude parfois mentionnée *par le chœur et chante immobile le résultat, dans son âme, de la saltation — insistant par un mouvement de la tête, du bras, ou du pied, sur le mot principal.*

LE TROISIÈME CHŒUR *est celui de l'âme ondoyante. C'est une femme qui le dira car la femme d'ordinaire subit tant qu'elle ne peut agir ni même contempler ; mais elle ressent et s'attarde.*

LES INTERMÈDES *seront dits par un homme vert qui passera d'une attitude à l'autre en passant par sa position première et sans transition dansée car il est celui qui projette et n'agit point mais voit son projet réalisé devant lui-même dans ses attitudes.*

Durant les intermèdes, l'espace n'existe pas car les attitudes et les paroles de l'homme dans le projet se réalisent en dehors de lui.

C'est ainsi que le spectacle des JEUX DU MONDE doit se dérouler.

LA PREMIÈRE SUITE.

Le monde commence à vivre
Disloquées dans la mer des masses de montagnes tremblent
Des forêts se groupent mais ne se moulent point

> Presse de ta main lointaine
> Heurte deux sons de ta voix
> Ne te souviens pas : dis

Le monde se serre en lui-même je ne peux dire comment
Le monde ne peut se dire à lui-même

> Laisse-moi te porter secours
> Ma bouche peut faire le baiser
> Je vais mettre mon pied là et quelque chose
> va surgir

Le monde ne connaît pas les paroles
Le monde tourne et ne sait pas ce qu'il a créé

> Je désire mon enfant qui ne crie pas encore
> Je veux des larmes que mon cœur n'a point
> formées
> Je veux disparaître pour ressurgir en une
> plante orange et verte.

Le monde se tend et se détend
Le monde férocement se resserre

> Veux-tu les choses que je ne possède pas ?
> Je t'insulte : je me tiendrai immobile si
> longtemps que je deviendrai une pierre
> et je me lancerai vers toi.
> J'invoque un dieu pour qu'il me lance
> contre toi.

Le monde éclate et le feu jaillit
Le monde éclate et le vent jaillit
Le monde éclate et l'eau jaillit
Le monde se referme et la terre se durcit
Le feu brûle son bras tendu vers sa main
L'eau coule descendant vers elle-même
Le vent ne se retrouve point

Le monde continue à vivre

> Je regrette l'heure où je pouvais pleurer
> Oh ! comme j'aime vivre au clair de lune
> Tu ne sais pas le bonheur de ne rien voir
> qu'en se baissant vers soi-même
> Je tremble d'être seule sans désirs
> Pourquoi ne reviens-tu pas, trouble ?

Le monde se cache et ne veut plus être vu
Le vent, le feu et l'eau retombent avec lui et se multiplient
à la surface
Rien n'est plus immobile et le soleil frissonnera dans la fleur
Rien n'est plus immobile et la montagne s'effritera en rochers
Rien n'est plus immobile et l'enfant voudra boire la mer
Rien n'est plus immobile et vers le sol à sa place marquée
l'homme tournera
Et voici le soleil et la fleur qui vont jouer

> Le soleil désire la fleur et la fleur désire le soleil

> J'étais si légère que je me suis étendue sur
> la mer et j'ai vogué vers la ligne recu-

lante ; j'avais un oiseau sous mes lèvres et
je voulais l'ensevelir dans ma bouche.

Il ne faut pas que tu me désires, n'est-ce pas ?
Je parlerai lorsque la nuit sera ronde autour de nous
Le soleil écoute la plainte et ses cheveux jouent avec
les nuages
Le soleil sent qu'il est beau de vivre les deux bras
ouverts

La terre est belle, vienne le vent pour me coucher plus
près d'elle
Il faudrait que la fleur soit une femme car la tête se
fond dans les yeux
Le soleil se réveille : la mer s'est abaissée pour saluer
la lune
Le soleil se souvient des campagnes où il doit dormir
et de la fleur qui y dort

Je voudrais qu'il me soulève ce serait si bon de luire
au milieu des étoiles
Ma mère est morte et je suis seule et je n'ai rien à
penser mais il faut qu'il soit doux
Le soleil vient et glisse dans sa robe allumée sous la
fleur
Et la robe lourde consomme le corps et dans la robe
le soleil disparaît et la robe est un brasier sous la fleur

La tige et la fleur sont tremblantes de l'or et le soleil
pénètre jusqu'aux corolles
Et voici la fleur rêvée du soleil et le soleil s'y retient
et tous deux chantent

la PÂle montagne à la tête rougie
la MER écartée par des ciels roses-bleus
la MARche joyeuse à travers les prés verts

le CORPS flamboyant du cheval solitaire
les MAINS refermées sur mon âme
la VOIX s'éperdant vers des sons plus aigus
et L'HOMme redressé vers la plaine

La fleur absorbe le soleil et le soleil est mort
La fleur s'élève et s'élève et s'élève et la fleur devient
le soleil

Le monde s'étend sous un autre soleil
Autour du nouveau soleil la corolle se fixe de la fleur
Le soleil marche du matin jusqu'au soir traçant une arche
et les navires qui glissèrent hors du golfe enserrant doivent
passer et repasser sous elle

J'aurais voulu sauter au-delà du soleil et
danser sur la crête du monde
Qui m'égarera vers le navire que personne
n'a vu? dans le silence je le croyais enfermé
Je n'écouterai plus que le cri jeté par le
matelot en détresse et je volerai vers lui
Me voici seule
Me voici seule
Me voici seule, je veux Dieu !

Et voici la montagne d'où tomberont des rochers
Et la montagne et les pierres vont jouer.

La montagne est heureuse de ses troupeaux mouvants
et de sa force attentive

Dans les replis je me love et ma maison
est celle du sommeil
Je dominerai d'ici la course vers la lutte
et tous sortiront de moi

Je détache une femme et un enfant de la
terre et je les regarde longtemps : et de
leurs yeux je ferai un chant et de leurs
bras je ferai quatre colonnes droites et leur
âme n'existera plus
Je sens si bien que tous voudraient venir
et se fondre

Les pierres dorment et la lumière les change

Il y avait quatre petites tiges qui voulaient
croître et croître et peut-être elles vont
mourir
Il y avait quatre grands océans qui voulaient engloutir une petite île et peut-être
Dieu et moi nous dessécherons tout
Quatre grands océans et quatre petites tiges
et il fait beau et il fait beau et ils dorment
et ils dorment

Il y a des cavernes qui veulent lancer des flammes
et troublent le sommeil des pierres
Il y a aussi des chèvres qui glapissent de leurs
bonds crispés sur les pierres
Il y a la montagne qui se souvient d'un jour où elle
était toute seule sous la pluie
Il y a aussi — silence, silence — le monde qui veut
s'élancer dans la montagne

Les pierres se souviennent des hommes qui ne veulent
pas s'arrêter et parlent de la bouche
Les pierres sentent la montagne et les maisons qui
ferment leurs fenêtres pour le soir
Il faudrait tomber comme de petites maisons et fermer
les portes de la ville
Il faudrait enfermer les oiseaux et couvrir les toits

Les pierres courent et tombent et roulent ; de grands
trous béants les chassent à jamais
Elles sont des hommes accroupis qui prennent leur tête
entre leurs pieds et tournent : quand le ciel finira-t-il
de tourner ?
Elles sont des serpents glissants pour sentir longtemps
le corps hirsute des herbes
Elles sont des cris des serpents et des hommes et elles
roulent en vagues dans la nuit

Les pierres s'arrêtent en la campagne étendue et la
ville est invisible et la ville est elles
Et des éclairs sortent droits et on n'attend plus rien
Et la montagne est heureuse de ses troupeaux mouvants
et de sa force attentive
Et la montagne chante

> *soliTUde aux cheveux repliés*
> *océAN qui nous laisse sans crainte*
> *les dix NUITS qui précèdent la mort*
> *les foRÊTS qui palpitent sur moi*
> *la couLEUvre en repos sous la lune*
> *le vainQUEUR qui attend le matin*
> *majesTÉ sans effroi du soleil*

Les pierres ont fermé le gouffre intérieur des montagnes
et la ville nouvelle est bâtie
Les montagnes sont tranquilles et reposent

> Je ne puis dire la douceur de mon âme
> inquiète mais un enfant qui a peur le dira
> Je ne puis dire comment l'aile de cet oiseau
> m'a frappée mais souvenez-vous de l'amour
> Je sais une pensée qui tourne sur la pointe
> d'une vague depuis des mois mais je la
> regarde en ne disant rien
> Je suis heureuse, si heureuse, n'est-ce pas ?

La ville peut grandir sur le monde et le soleil peut brûler
ses enfants
Le soleil et la ville peuvent s'aimer et le monde s'étend au-
dessous d'eux
Et voici un enfant qui veut boire la mer
Et la mer et l'enfant vont jouer

      La mer est propice aux voyages et attend pour le
      suivre le vol des mouettes

            J'étais parfois plus calme que l'océan
            d'après-midi, plus calme que le jardin sous
            les parfums, plus calme que le bois brûlant
            dans la lumière, plus calme que la peau
            amoureuse des chats sous la caresse des
            mains
            Les paroles de mon amant sont des roses
            qui couvrent le buisson au fond duquel
            j'écoute
            Je n'ai pas plus de rêves que le nénuphar
            Consumez-moi peu à peu, lèvres ardentes

      Un enfant cherche la mer
      Qui dira s'il porte en son corps un père qui rentrait le
      soir fatigué et une mère qui croyait toujours au lende-
      main
      Qui dira s'il avait attendu ses frères au jeu et ses frères
      sont partis pour la guerre
      Il vient et le sable glisse qui le conduit, l'enfant qui
      cherche la mer

      La mer est énorme et va dévorer l'enfant avec des
      millions de dents lumineuses
      L'enfant veut pénétrer l'enfant veut pénétrer l'enfant
      veut pénétrer

Il y a trente-cinq parents et trente-cinq étoiles aux
poussées invisibles derrière l'enfant
L'enfant sent que Dieu n'est pas là peut-être mais il
est poussé par des mains invisibles

L'enfant imagine le glissement onduleux sur la mer et
la perte des yeux et l'étouffement de la gorge si
ensommeillant
Je ne vois pas le pont où traverser mais être grand
là-bas !
La mer est une colline si longue
La mer est pâle et les mouettes ne viennent pas

> Oh! laisse-moi bondir enfin : tu ne sauras
> donc jamais qu'on peut vaincre là-bas?
> Vois mes doigts qui s'allument : je suis un
> ciel embrasé
> Grands cris! venez à moi! ceux-là plus
> vrais que ceux de la mauve sur un rivage
> où j'ai pleuré, ceux-là plus cruels que
> l'aboiement du chien sur le cerf
> Grands cris! grands cris!

La mer s'ouvre et regarde l'enfant et l'enfant devient
très beau et la mer est immense
Elle a en elle les pays désirés et si elle s'approche on
voit le ciel lointain plus proche
L'enfant est grand il veut tenir les pays désirés
entendre les vibrations des chairs parfumées et boire
la rosée sonore de là-bas
Il veut boire la mer qui possède les pays désirés

L'enfant est grand, tout à coup il touche les étoiles
L'enfant s'étend il est grand et long comme la terre
La mer est fatiguée elle est heureuse de s'ouvrir entiè-
rement — ô les blessures voluptueuses et le vide senti —
La mer se laisse boire et la mer chante

La terre absorbe l'océan et l'enfant s'allonge sur sa
poitrine et ses jambes et la terre est née grande
La mer a disparu en chantant et elle est seule et loin

Je garde dans ma bouche la dernière fleur
de l'été : celui que j'aime n'en saura rien
Il y a un jardin où la pluie ne tombe pas :
celui que j'aime n'en saura rien
J'irai seule sur une grande route et les
campagnes autour n'en sauront rien

Sur la terre absorbante les arbres sont dressés et les oiseaux
oscillent lourdement
Le monde s'étend au-dessous et ne contemple pas : la terre ne
sait point que le monde fait naître
Un homme sort de la terre et il est sur le sol et sur le sol il
a sa place marquée
Et voici l'homme qui tourne sur le sol
Et l'homme tournant et le sol vont jouer

Le sol s'ébranle et retombe fermé

Je courais et me retournant j'ai vu la
nuit : tu ne me saisiras pas !
J'ai absorbé une campagne où des femmes
aimaient le blé et un chemin où des hommes
avaient abandonné leurs charges et un soleil
avec des maisons enfantines et un cingle-

ment auroral et des ponts où l'eau me
flagellait... je cours...
Nuit devant moi brusquement, je me
retourne — nuit désespoir désir du sourire
rêve attente d'espoir folie nuit
Nuit, nuit, nuit!

L'homme a les yeux fermés et rien n'existe sinon les
mains sur le sol
Le sol veut qu'il bouge : des tiges montent autour
de lui
Il est doux de tâter la tombe dont on va sortir et ses
parois grises
Il y a peut-être de l'eau où s'évanouir encore

L'homme monte au milieu des tiges et il a le frémis-
sement du nageur
Il ne craint pas le vent et il n'y a que l'horizon
loin des hommes
Le sol monte avec des pics le sol presse d'éclats
aigus
Le sol veut que l'homme bouge et s'exaspère et il jette
le soleil devant l'homme

Le soleil tourne devant l'homme et dans le soleil il y
a cinq hommes rieurs et cinq femmes nues
Le soleil tourne devant l'homme et dans le soleil il y
a cinq jardins invisibles et cinq grilles d'or
Le soleil tourne devant l'homme et dans le soleil il y
a cinq bouches ouvertes et cinq regards qui s'ouvrent
L'homme tourne devant le soleil et dans le soleil il
veut tourner

Bondis, homme, mais le soleil tourne et on ne peut y
pénétrer et le sol te retient par les tiges et les pics
L'homme saute l'homme saute l'homme saute

Le soleil tourne il y a dix hommes rieurs il y a dix
femmes nues il y a dix jardins invisibles il y a dix
grilles d'or il y a dix bouches ouvertes il y a dix
regards qui s'ouvrent
L'homme saute l'homme saute l'homme saute

Tu as des yeux d'argent brillant et des
ongles de rubis et tu es une boule précieuse
avec laquelle mon âme jongle
Baisers et caresses et cris et rires tu es
une âme avec laquelle mes mains jonglent
Sois quelque chose de très lent maintenant,
je serai une petite biche qui vient boire dans
ton corps : mais tu tournes et tournes
Il y a une perle que je connais et je la
veux tenir entre mes lèvres : comme ton
âme est petite et comme ton corps est grand
Pars ! je chante ! je chante !
Je jongle ! je jongle ! et ton corps et tes
enfants et tes baisers et ton âme et tes cris !
ne tombe pas ! je jongle ! je jongle !

Le soleil s'arrête et l'homme s'exaspère
Le soleil est une roue : il veut que tu tournes, roue...
silence... silence...
Le soleil n'est plus rien pour l'homme et l'homme
s'arrête
Il s'arrête sur ses deux pieds dressés et il est fort et il
chante

ô femme illimitée TON DIVIN NÉANT
ô feu qui tords le bois ton ENSORCELLEMENT
ô animal qui reposes TA NAISSANCE BRUSque
ô lune berçante ton ECLIPSE FINAle
ô soleil ton LEVER DE MINUIT
ô ville ton TRAVAIL A MIDI
ô mer TON ROUGE HORIZON

L'homme est né par le sol qui le serre
Il sort du sol par les pieds qui se dressent

Ils sont nés
Le monde est un bloc de lumière qui se disloque et les blocs se
touchent se fondent s'éloignent se resserrent
Nous n'entendons rien nous ne voyons rien nous ne sentons
rien nous n'attendons rien mais des naissances se préparent

Je veux dire l'effroi d'attendre l'enfant
quand les dernières heures vont sonner
O être dans un trou et gratter des pierres
et savoir que le loup mangera l'herbe
Le dernier chariot a tourné le coin ; il n'y a
plus que le silence deux fois et mille fois
Presse de tes doigts ma nuque faible et
que j'oublie
J'ai volé ta robe rose : comme c'est bon de
n'avoir plus rien à dire
O effroyable, effroyable !

Nous ne voulons pas dire ce qui n'est pas achevé
Mais ce qui n'est pas et n'est point achevé parle
Et le cantique est dit des naissances

Dans le jardin de vert grossier une fontaine — naissance
Dans la nuit un cri avec une queue de lumières fixes — naissance
Dans la mer sale une lune jaune — naissance
Sur six mains noires une tête blanche — naissance
Dans une foule morne un roc — naissance

NAISSANCE

Entre deux arbres il y a la mer du Nord — naissance
Entre deux arbres il y a la Méditerranée — naissance
Entre deux arbres il y a un soleil un navire et un souffle — naissance
Entre deux arbres il y a moi — naissance
Entre deux arbres il n'y a rien — naissance

NAISSANCE

J'ai vécu dans une île longtemps avec un ami pour penser, une femme
pour aimer et une pirogue pour partir — naissance
J'ai vécu avec une pensée qui était Dieu, une bille bondissante, un
cercle trop serré et une porte — naissance
J'ai vécu une fois comme un homme, une fois comme un vase de terre
et une fois comme un sanglot — naissance
J'ai vécu d'un rire, d'une larme, de pain, de rien — naissance
J'ai vécu pour vivre, pour parler, pour dormir — naissance

NAISSANCE

Celui qui tourne il s'arrête — naissance
Celui qui travaille il s'écoute — naissance
Celui qui après la nuit est le matin — naissance
Celui qui est toi devient moi — naissance
Et peut-être l'enfant peut-être — naissance

NAISSANCE

Et si tu veux naître de la montagne — tu naîtras
Et si tu veux naître de ma pensée — tu naîtras
Et si tu veux naître d'une femme — tu naîtras
Et si tu veux naître de la mer — tu naîtras
Et si tu veux naître du monde entier — tu naîtras tous les jours

NAISSANCE

La venue est dite du soleil et de la fleur
La venue est dite de la brûlure, de la lumière, de la flamme
La venue est dite des pierres et des montagnes
La venue est dite du silence et des hommes et des femmes
et des enfants
La venue est dite de la mer et des fleuves
La venue est dite de l'animal tournant et de l'animal arrêté
La venue est dite des choses nées

Le monde continue à vivre

Mais un homme saute hors du monde et il n'est pas formé
Et l'homme projette

INTERMÈDE

Lumières transformées en midis

Celui qui vient est le soleil
Qu'il veuille ou non il sera l'arbre
Qu'il danse ou non il sera l'homme
Par la rue il est celui qui marche
Par les champs il est celui qui laboure

Voici le jour avec ses dispositions

Il est au centre

Venez, venez : voici les sourires, voici les fleurs, voici
la gloire

Il est là par les sourires, par les fleurs,
par la gloire

Il faut revenir vers soi-même
Il faut prendre au milieu des jardins non la fleur mais la femme
Il faut prendre au milieu des foules non la femme mais la fleur

Cuisses de tigres, tête de femme, poitrail de cheval, mains
d'homme, dansez

Je suis le tigre

avec les herbes
et l'horizon
et l'étendue de mes
caresses

Je suis la femme

      celle qui se laisse surprendre
      celle qui attend toujours
      celle qui veut
      celle qui dirige

Je suis le cheval

      dans le vent
      contre l'horreur
      avec la furie
      avec la crainte

Je suis l'homme

      celui qui façonne
      celui qui crée
      celui qui sait

Je ne suis pas

      Voici le jardin au milieu des fleurs
      Voici la force dans l'angoisse
      Voici la fin éclatant dans le milieu
      Voici pour être qu'on se tue

Je place le monde dérangé !

MONDE !

LA DEUXIÈME SUITE

L'homme fou a disparu

Le monde continue à vivre

Maintenant les hommes vont se mouvoir ayant oublié la
terre
Maintenant les hommes vont se mouvoir les astres ne les
tenant plus dans leurs orbites
Maintenant les hommes vont parler aux hommes ayant
parlé à eux-mêmes et s'étant regardés
Maintenant les hommes retrouveront la terre comme une
chose nouvelle et la frapperont
Maintenant les hommes vont vouloir être des hommes
Le monde continue à vivre et les hommes vivent de lui
mais ils ne le savent point

Ce matin je mis mon bras sur du velours
et je l'ai oublié et ma tête se sentait brûlante
de fraîcheur avec des pensées multiples et
superposées.
Mon enfant jouait : et il était si loin et il
avait des yeux pour la maison qui luisait
en face et il parlait à une fourmi
J'ai senti une main sur mon dos et devant
moi je marchais et je voyais quelqu'un qui
me désirait et il y avait un coin avec de
l'ombre que je désirais
et j'avais un bras sur un coussin de velours
noir
Ce qui marchait s'arrêta et je fus durant
une heure le soleil jongleur, je fus durant
une minute le soldat qui buvait la pluie,
et au-dessus du soleil je sautai et au-
dessous du soldat je glissai

et je circule dans le vent et j'ai un bras
sur un coussin de velours noir et j'ai mes
yeux sur mon enfant

Et voici des hommes dans un village et ils désirent rebâtir
le village
Et les hommes et le village vont jouer

Le village s'élève en maisons tranquilles et une maison
pense à l'autre
Hier, tu te rappelles, petite maison à côté de moi
grande, la lune a passé à travers chacune de tes fenêtres
Il y avait le labour d'aujourd'hui et les chevaux le
savaient et tu voulais bien dormir et la lune ne t'a pas
réveillée...
Tu ne savais pas, grande maison, que les champs avaient
des lignes droites si longues et au bout la charrue tourne
pour revenir ?...

Le village et les maisons ne sont pas ici car il y a au
loin des blés et des sentiers et il faut y aller le matin
La grande maison est dans la petite : l'orage peut détruire
tout et l'été peut trop brûler et l'hiver est sec
Le village prie Dieu qui n'est pas ici car il veille sur
les campagnes et je le sens là-bas
Le village dort avec la petite maison et avec la grande
maison et les champs labourés ne reposent point... paix

Mon bras est autour de mon enfant et je
sens mes yeux sur mes genoux
Mon enfant et moi savons qu'il est doux
d'être une chose détendue et nous ne
chantons pas

Mon enfant dort dans la maison d'en face
et moi sur une pointe de vague dans la mer
grise : mais nous sommes l'un près de l'autre
Des fleuves se gonflent en moi, je vais être
une prairie inondée, je gonfle : silence !
silence !
des femmes se gonflent et la prairie est
étendue : silence ! silence !
Mon enfant est près de moi et nous sommes
fondus avec l'horizon à gauche et à droite
avec l'horizon

Des hommes viennent : celui-ci a parcouru les rues à
minuit et il est rentré dans sa chambre et il apporte
dans la chambre tous les hommes de la rue et toutes
les femmes et il a désiré la rue dans sa chambre
Et celui-ci se tourne vers un homme et c'est un homme
qui a des enfants et a donné des perles à ses enfants et
a su que la rue était déserte à l'aurore
Et celui-ci et cet homme ont senti d'autres hommes
qui avaient parcouru la rue au matin et à la nuit et
à midi et au soir
Et tous les hommes tournent et veulent la rue et la
mer et la chambre et la campagne dans la chambre et
ils désirent le village dans la chambre

Et ils vont dans le village et ils tuent la campagne
et Dieu et les gens du village se réveillent
Il n'y a pas la campagne il n'y a pas le matin noir et
rose il n'y a pas la douceur de l'attente
Il n'y a pas les promenades où on n'est que par les
pas il n'y a pas le ciel et le champ de blé et moi qui
y dors
Et les gens du village se sentent seuls et ils bougent
et il n'y a plus de terre odorante

Les gens du village tournent et le dimanche n'est plus

un soutien et il faut rester droit et les maisons écoutent
Il y a des granges il y a des forêts il y a des
hommes qui marchent
Il y a la femme il y a les enfants il n'y a plus le
sommeil il n'y a plus la pluie qui va tomber
Et les hommes se sentent grands et ils chantent

celui qui bâtit LA MAISON et les fenêtres qui l'ouvrent
celui qui a tout ÉCARTÉ vers la mer fugitive
celui qui a le DÉSESPOIR quand le fleuve s'écoule
celui qui tient LE SOLEIL retenu par ses yeux
celui pour qui LA MONTAGNE est une route sonore
celui qui absorbe L'OCÉAN en ses navires
celui qui tient LES PRAIRIES dans sa main

Le village est un rêve emmené par le fleuve
Les hommes sont clairs dans l'air qui les entoure

Et voici le navire attendu par mes mains :
je tiendrai ton rêve pressé entre mes doigts
et j'aurai la poitrine éblouie de soleil
Puissance dans le vol éclatant étourdi des
corbeaux !
J'ai tes baisers dans ma bouche j'ai ton
corps en moi j'ai la route et les arbres du
bord j'ai l'ami et ce qu'il ne peut dire j'ai
mille bras et les feux allumés sur la côte !
Puissance avec la course éclatante étourdie
des zèbres !

Le monde se retrouve toujours en lui-même
Des hommes vivent en groupes et des hommes vivent seuls
Et un homme solitaire est dansant sur la terre et il crie

Soudain il y eut le printemps dans un sol où j'étais
assis et je fus un arbre et celui qui chante éperdu

Il y avait une tour et de longs chemins noirs et je fus
un chien hurlant et une vieille mendiante

Il y avait cinq cents ans que des gens miséreux avaient
dormi là et j'avais faim et j'avais soif et personne ne
passait et il y avait de grandes musiques entendues et
je fus le pendu et le tué

Soudain il y eut l'été dans un sol où j'étais assis et je
dormais et je fus chaud comme la bouche d'une femme
amoureuse

J'ai touché en courant tous les oliviers de la forêt
argentée et j'ai cru que j'étais le soleil et j'ai des étoiles
pendues à mes cinq doigts et je pourrai regarder
longtemps

Cheval, je t'ai serré entre mes genoux et j'étais toi et
je pinçais mon cœur en te pinçant les reins et je trem-
blais sur moi-même et j'étais seul et il y avait de la
souffrance et un peu au-dessus il y avait du repentir
et il y avait de la joie et il y avait le roulement et
l'horizon : cheval, nous avons sauté tout !

J'étais seul, il y avait peut-être l'hiver, j'ai appelé le
souvenir d'une nuit où je n'avais pas dormi et j'ai
appelé la caresse d'une main bien connue et j'ai appelé
un seul mot et j'ai tout pu dire exactement et pendant
ce temps je lançais des pommes vertes et jaunes dans
un buisson

Je me suis dit mille fois que je n'étais pas ici et que
celui-là prenant ma main se trompait

J'ai été un énorme épervier tombant sec dans un ciel
si bleu qu'à le voir je devenais la mer ; j'irai loin, loin,
loin

Si tu m'écoutes tu ne sauras rien mais regarde ; il y a
quelque chose qui me lie à ce paysage avec rien qu'un
petit arbre et des lièvres qui sifflent dans les herbes ;
à cette parole me lie une pensée que j'ai dite un jour
et qui pend au-dessus de moi, pourquoi ? pourquoi ?

Surtout ne crois pas que je te dis moi-même quand
je te répète que tu as bien dit ce mot-là et qu'il res-
plendit vif — il était un petit mot nécessaire pour que
je mette mon pied sur cette feuille et cette feuille est
pour moi l'automne et tu as dit « résigné »

Travaille pour moi, j'emporte tout et tu resteras avec
tes deux bras levés et tes yeux bruns et tu pourras
recommencer : j'irai loin, si loin...

Je veux coucher mon frère sur le dos et le faire tuer
par ses sujets ; je regarderai peut-être car il est bon
de sentir que l'homme est grand conduit par moi

Je veux embrasser un lépreux longtemps et me sentir
fondre en douceur et en paroles ; je mourrai peut-être
car il est bon de sentir que l'on peut mourir en mourant
dans un autre

Je veux être ton esclave car tu es faible et tout ce que
tu penses peut se promener dans le jardin quand les
fleurs sont ouvertes

Tu as de grands yeux ce soir, je serai ton amant tou-

jours, enfouis-moi là où tu ne peux pas m'oublier, dis...
et je partirai demain

Cette branche a poussé dans la Forêt Noire sous
un soleil qui venait d'Amérique et des Peaux-Rouges
l'avaient regardé; je m'y chaufferai et la brûlant je
verrai des ours et je sentirai leurs griffes

Soudain il n'y a plus rien

L'homme a disparu dans un long silence et dans un long
sommeil
Le monde est exténué un instant à cause de cet homme et
l'âme de tous veut être douce pour cet homme

Je voudrais que tu sois pitoyable, ma
malheureuse petite vague brûlante, il y a eu
de longues nuits où je t'attendais sur le
seuil et tu as passé mais tu courais pauvre-
ment et un chien te précédait
Je voudrais pleurer sur moi-même puisque
je ne puis pleurer sur tes yeux je veux dire
tout ce que tu es à moi-même longtemps et
peut-être ma pensée t'attirera
Pourquoi n'es-tu pas un enfant ou un
oiseau ? Je ne sais où tu te trouves mais je
te porte en moi et je t'écoute pendant mon
rêve et quand de grandes foules sont arrê-
tées sous ma fenêtre
Laisse-moi être un peu pensante et un peu
seule et un peu sûre et un peu grave et
laisse-moi doucement aller dans ma closerie

Le monde est toujours en lui-même et l'âme de tous est fermée
et des hommes viennent avec des lances

Et voici les hommes qui veulent percer la terre de leurs
lances
Et les lances et la terre vont jouer

Les lances attendent la nuit car la terre est glorieuse
La terre est glorieuse et sait qu'il y a des serpents
à la peau douce qui rôdent sur elles
Le vent est une mère et apporte avec lui les grandes
ondées où on pourra se perdre
Les lances attendent la nuit car la terre est glorieuse
et les lances sont sûres de la nuit qui roule

Les cloches devraient sonner et les lances écoutent car
l'éclair peut bleuir l'empyrée et les révéler nues
Les lances montent et retombent serrées ; elles sont des
regards et il y a l'or tassé sous la terre
Les lances creusent et veulent creuser et il y a la
volonté des mains et il y a la volonté des yeux et il y
a la volonté de la route faite
Les lances creusent et les hommes renversent les
lances les tournant vers le ciel et les retournant et les
pressant sur la terre

La terre est percée partout et la terre ne bouge pas et
le vent siffle et les arbres qui ne peuvent se durcir
pleurent
Les lances sentent l'or et c'est le pas pressé de celui
qui a des tigres sur lui
Les lances sentent l'or, les lances sautent sur l'or : la
terre est percée ! la terre est percée !
Le vent est enfoui dans le trou et les lances écrasent
le vent : l'or ! l'or ! l'or !

Les lances sont le cri de celui qui a son amante ter-
rassée et pense à son ennemi
Les lances sont le cri de celui qui est exaspéré par le
matin qui succède à la nuit après le matin d'hier
Les lances sont le cri de la foule et des taureaux
galopants
Les lances tournent et c'est la terre percée et c'est
l'or dans la nuit

> Je veux te prendre dans ma bouche, terre
> aux replis où je n'ai pas couché et te prendre
> dans ma bouche, toi, ville aux replis où je
> n'ai pas couché
> Voici le phare tournant follement sur le
> promontoire aigu
> Voici le spasme avec son cri d'oiseau rapace
> Voici la course avec cinq mille flambeaux
> crépitants
> Je ne veux pas savoir si tu es mon frère ou
> mon amant, je veux rester et puis fuir
> Je ne sais si le monde va finir, mais il
> saute dans ma tête et je vais mourir s'il ne
> s'arrête point; je crie! je crie!
> Dieu, je ne veux pas que tu me pèses, je
> ne veux pas que tu sois serein, je ne veux
> pas que tu sois mon père
> Je sens ma tête secouée et je sens mes yeux
> qui chavirent; navire, navire, tourne plus
> vite, plus vite, plus vite
> Arrêtez-vous enfin!
> Je tombe!

Les lances ont arrêté leurs cris les lances ont arrêté
leurs pas
La nuit s'éparpille vers la mer et on entend des pleurs
du vent qui dort dans la terre et l'or la couvre tout
entière
Je ne veux plus dire que les regards intangibles des
lances

Et le matin monte avec ses formidables ailes et couvre
tout et les lances chantent

Les lances se taisent et la terre est ouverte
La terre est ouverte et les lances se taisent

Le monde laisse la terre béante et ne voit pas les lances qui
se taisent
Le monde est tourné vers lui-même et retourné vers lui-même
et il n'a pas de commencement et il n'a pas de fin
Et voici qu'un homme vient qui désire une femme
Et l'homme et la femme vont jouer

L'homme est un crépuscule qui se tend vers la nuit
toute noire et la femme est la nuit accroupie entre les
montagnes
L'homme regarde la femme et la femme regarde ses
yeux couler le long d'elle
Et l'homme sait que c'est la femme qu'il désire et la
femme se désire elle-même
Et l'homme a en lui le jour entier et il veut le porter
vers la nuit

Voici l'homme qui montre qu'il sait chasser l'aigle et
vaincre son frère; et l'aigle est tué et le frère est
mort

Femme, ceci je veux le faire pour toi ; je te ravirai
entre les pieds des chevaux galopants
Femme, le bras qui fait cela est à toi et la main et
chaque doigt de chaque main et le corps et les jambes
alertes ; et le corps est beau
La femme regarde l'homme se montrer

L'homme se souvient qu'il a tué l'aigle et volé l'œuf
entre les rocs ; je te veux, femme
La femme se retire et l'homme est chasseur
Tu ne peux pas me résister, je serai ton esclave, je te
désire, je te désire, je serai le sommeil bondissant à
ton vœu
La femme s'arrête et attend et ses seins battent

L'homme s'approche, il est félin et tournant : tout à
l'heure il sera roi
La femme croit qu'elle pourra dire l'homme et l'homme
ne partira pas ; ce sera le repos et la nuit est proche
pour l'homme
L'homme désire, il est celui qui adore, il est celui qui
enveloppe : tu es à moi
L'homme enserre la femme et il attend et la femme
désire

La femme est une rosée éperlée sur l'herbe : tu seras
grand, tu seras bon, je serai une forêt ombreuse
Je t'attendrai dans ton départ... non...
La femme ne veut pas que l'homme soit vainqueur et
elle lutte ; l'homme désire : il est celui qui a mis le pied
sur le frère et la main sur le serpent affamé
La femme redevient la prairie embaumée et la bouche
entr'ouverte
Et l'homme la prend

Je veux dire l'homme à la femme et la
femme à l'homme et il sera doux de pouvoir
se dire en s'écoutant :

— Je suis la nuit bleue où il n'y a
pas d'étoiles avec des maisons
grises de consolation

— J'attends, je ne peux te dire :
ceci est né de la vie où des hommes se promènent et du ciel clair
et des glissements d'ombres mais
tu n'es pas cela : oh ! parle !

— Eloigne-toi, je suis peut-être tout
ce qui est au-dessus

— Où étais-tu quand je ne te con-
naissais pas ? est-ce moi qui ai fait
de toi des bras ouverts et un port
contre les aventures ?

— Je suis celle qui attendait et tout
le monde pouvait ancrer en moi

— Petite maison veuve, tu étais
dans la ville ; laisse-moi te voir
comme si je ne te voyais pas

— Dans le silence je ne sais pas si
je t'attendais et quand je suis
seul je ne sais souvent point si je
t'attends encore

— Je veux oublier que tu es à moi
Je veux oublier que tu es autour
de moï
Je veux oublier que je ne suis
pas en toi
Je veux oublier que je suis en
toi
Je veux te dire ! —

— Je sors du silence et lorsque je
parle je m'entoure de moi-même
Je ne suis pas ce que je pense
Je viens dans la nuit et je tourne
mes yeux parce que tu es là mais
je ne te regarde pas : il y a du
vent et des paysages et j'ai des
yeux
Je veux être une petite fille et je

sais que je ne puis pas et parce
que tu es là, je te gronde
Un jour je tremble et tu es la
force : oh ! je t'aime
Ne t'en va pas : je n'attends rien,
je suis si simple
Il y a du bleu, du bleu, du bleu,
je suis heureuse : souris, tu es
mon sourire
Ne pleure pas aujourd'hui je ne
suis pas la mère aujourd'hui, je
suis faible aujourd'hui
— Je t'écoute, tu ne parles pas pour moi
Seigneur, Seigneur, laisse-nous aller toujours à travers la nuit bleue...

Et l'homme et la femme se sont unis et se séparent
Et l'homme et la femme vivent

Et la vie est dite du village et des hommes
Et la vie est dite de l'homme qui crie
Et la vie est dite des lances qui percent la terre
Et la vie est dite de l'homme et de la femme
Et l'homme et la femme et les lances et le village vivent
et vivant devant les horizons ils se disent l'un à l'autre
Et le cantique est dit des vies

L'homme a aimé la gloire dix ans et il a mangé de faim dix ans et il a
été traîné dix ans par les pieds, sa face rasant le sol — vie
L'oiseau a pondu au creux d'un arbre et part vers les îles et il revient et
d'autres oiseaux crient au creux de l'arbre — vie
J'ai mis ma pensée dans une femme et la femme vient vers moi et je suis
arrêté sur la montagne et la route est longue — vie

VIE

Une ville au milieu d'une forêt et le feu qui naît dans les buissons — vie
Cinquante corps pressés, cinquante taureaux mugissants et le pacage vert — vie
Trois enfants contre un mur — la mère est morte et il n'y a pas de ciel — et le froid étreignant le mur — vie
L'automne, l'hiver, le printemps, l'été — vie

VIE

Les yeux fermés, étendre les bras et sentir le vent frôler la peau languissante des doigts — vie
Regarder un chien longtemps et lui dire que l'amante est partie et que la mer est invisible et on entend la mer et l'amante pleurer — vie
Sentir une force violente se mouvoir en soi, bâtir quatre tours et marcher et appeler à soi les vagues des nuages et les foules hurlantes — vie

VIE

Et si tu veux vivre sur la montagne — tu vivras
Et si tu veux vivre dans ta pensée — tu vivras
Et si tu veux vivre pour une femme — tu vivras
Et si tu veux vivre sur la mer — tu vivras
Et si tu veux vivre du monde entier : tu vivras tous les jours

VIE

Le monde vit séparé
Les hommes et les animaux vivent séparés

Le monde continue à vivre

Mais un homme saute hors du monde et quarante hommes sautent hors du monde et l'homme les conduit
Et l'homme projette

INTERMÈDE

Obscurités diluées en nuits

> Je sais que vous êtes des frères et des sœurs.
> Tu iras pêcher ce matin : et après la marée
> haute ce sera la maison
> Tu iras prendre l'eau à la source : et après
> la route où on a peur ce sera la maison
> Tu attendras auprès du feu : et après avoir
> arrangé le retour, ce sera la maison

Voici la maison avec ses terrasses grises

> Tu seras celui qui cherche et les autres
> l'écoutent
> Tu seras celle qui ne dit rien mais sou-
> tient le menton
> Tu seras celui qui ira aux champs demain
> et prie le soleil

Voici le peuple entier avec ses vagues grises

> Je vais de l'un à l'autre

Je suis celui qui conduit
Je suis celui qui est invisible et qu'on écoute
Je suis celui qui se tient immobile et de la voix excite les boucs

> Luttez, frères contre frères; arbres fous, luttez contre les biches
> folles; plaines, luttez contre l'horizon

> Lutte silence arrêt mort

> « frère, les yeux, je les jette aux
> étoiles
> frère, ton cri était beau quand
> tu râlais
> frère, tu ne m'as pas insulté mais
> ton sang était si rouge
> frère, je me jette au gouffre aussi

Lutte silence arrêt mort

« biche, la soie de la peau je la
      veux pour écorce
biche, tu es renversée et j'ai peur
biche, était-ce si mal?
biche, l'orage me frappe aussi

Lutte silence arrêt mort

« horizon, tu me suivais partout et
      maintenant, je t'ai en moi
horizon, tu ne seras plus si bleu
et tu ne seras plus regardé
horizon, je t'écrase! je t'écrase!
horizon, je meurs sous la pluie...

Je suis étendu sur le sol

Voici la mer qui glisse sur la plaine
Voici l'arbre couché sur la biche morte
Voici le frère prostré près du frère
Voici l'immense désert sans rien

Je vis sur le monde mourant

MONDE !

LA TROISIÈME SUITE

L'homme et les quarante hommes ont disparu
Le monde continue à vivre

Et cet homme a préparé les hommes et les animaux et les
choses à mourir
Les hommes vont sentir que le monde est là sous eux
Les hommes vont descendre pour la dernière descente
Et ils vont descendre en se ressouvenant
Et ils vont revenir en pleurant
Et ils vont danser désirant la mort et la voulant prendre
en eux tout entière
Et ils vont nager vers la haute mer et s'exalter

Et ainsi le monde attend tout

Et le monde continue à vivre et les hommes vont redes-
cendre dans le monde et ils ne le savent point

Mes nerfs se contractent dans mon nombril
inquiet : une volonté mauvaise m'a prise
entre ses mains
Un bruit dans les feuilles : est-ce toi, fauve?
Je voudrais vous dire tout, ô feuilles fris-
sonnantes : cachez-moi à tous les yeux
et peut-être serai-je apaisé?
Où puis-je donc fuir ce que je ne vois pas?
Crainte, dis-moi où est la volonté mauvaise
qui m'a prise entre ses mains?
Est-ce toi, herbe, où je me vautre? des épées
vont-elles surgir? mais dis-moi donc !
Oh ! viens donc avec ton sourire et presse

mon ventre de tes mains calmantes et parle-
moi de moi-même longtemps...
Délivre-moi, Seigneur inconnu ! oh ! cette
prison sans coin où reposer mes yeux !
Seigneur ! Seigneur ! presse mon ventre,
force mon corps à jouir et que j'oublie !
Seigneur ! Seigneur ! viens !

Le monde se prépare à engloutir
Et voici un homme qui descend de la montagne
Et l'homme et son ombre vont jouer

L'homme est sous le soleil et son ombre est petite
L'homme est grand et se souvient, l'ombre est petite
et écoute
Il a joué de la cornemuse là-haut et si sauvage fut
son chant que le ciel semblait s'ouvrir plus large à
cause de lui
Et il a conduit des troupeaux plus immenses que l'in-
cendie d'une savane — seul

Chaque pas de lui vers la plaine était une gloire et cent
palais s'ouvraient où il passait
Des vierges nues sont venues dans la nuit mais il rele-
vait les deux murs des ténèbres de ses mains poussantes
pour que le matin soit vu
Et ses pas ont fait la route du ciel jusqu'à la plaine...
Il y avait peut-être une vierge pour lui, il y avait
peut-être un palais pour lui ; il est las

C'était ta descente qui m'oppressait et ta
fatigue me pesait aux entrailles...
Traîne seul et ne m'entraîne pas, je suis
lasse aussi.
Mes pleurs coulent lentement de mon visage
mais plus lentement coulent mes pensées
Et pourtant je fus ardente et pleine un jour

sous un vent froid dans une ville muette
autour de ses lampes
Et maintenant, je voudrais dormir
Et maintenant, je voudrais dormir

Ses deux bras et ses deux jambes sont des chemins pour
l'automne, mère des forêts dépouillées
L'ombre grandit et rampe vers sa propre extrémité
Elle sait qu'un soir elle a entendu un oiseau tout seul
s'écouter dans un cyprès noir
Elle sait qu'un soir elle a vu une femme pleurer sur la
route et son amant était mort au lever de la lune

L'homme est un bloc que la terre supporte
L'ombre dit à l'homme la chanson de l'amante délaissée
et l'homme écoute
L'ombre dit à l'homme la chanson du berger seul dans
la chaumière sans pain et l'homme se penche
L'ombre est caressante pour l'homme et l'homme se
couche obscur sur l'ombre obscure et l'ombre chante

la CHEVELURE coupée de la femme évanouie
les GRANDES VAgues qui s'étendent le long du sable
le DÉPART TENdre sans dernier baiser
les MAISONS SOMbres au bout des nues hivernales
le RÂLE GRAS du blessé de la guerre
le SOUVENIR d'un jardin courbé sous les roses
et l'HORIZON glissant derrière la colline

Et l'homme est couché sur son ombre
Et l'homme et l'ombre sont tranquilles

Mais moi je veux te chanter aussi, toi,
héros qui vécus avec la terre et la terre est
morte lorsque tu mourus
Et je veux dire ta vie précise et nette et
chaque geste de tes membres pour la terre
Et je te dis

« Quand la terre tressaillait il se
cramponnait horriblement à elle
et ses yeux sous la poussée incon-
nue, chaviraient comme une fleur
Et la terre s'exclamait dans ses
bras comme en des arbres et il
était une campagne sans herbe
mais avec des peupliers mons-
trueux

Quand la terre étant calme et
quand, oublieuse de tout, elle
laissait flotter dans l'air une lueur
vague, sa bouche s'ouvrait .
Et la terre aspirait le ciel par ses
narines et attirait en elle par lui
le vent qui louvoyait dans les
nuages

Quand la terre nocturne voulait
dormir et quand la lumière stel-
laire regardait impudiquement
son sommeil, ses mains s'éten-
daient
Et les branches cachaient la terre
et la terre dormait à son ombre
et le lendemain, souriante, s'éveil-
lait

Et quand la terre brûla et se
morcela et se laissa dompter et
se roula sur elle-même, son corps
s'abattit
Et la terre poussée par la pres-
sion formidable l'incendia et le
disloqua et le reprit en elle

Et le héros mourut

Et l'homme est mort et le soleil est mort et je ne vois
plus la montagne et les côtes de la terre ne se voient plus
Le monde s'ouvre et se referme, béant silence couvert par
un silence sûr
Et la mort est un nuage lourd et roulant sur lui-même

Et voici un rat proche du nuage de la mort
Et le rat et la mort vont jouer

Le nuage roule se ramasse et roule et il est immense
et il est lourd
Un rat sent le nuage proche et il est petit et il veut se
resserrer et il n'y a pas de mur
Le rat court vers le nuage et veut grimper sur lui.
Le nuage va l'absorber et le rat court et la terre est si
longue et le nuage roule

Il y a un trou et il va être pour moi; un nuage monte
du trou : recul
Il y a le nuage devant, il y a le nuage qui roule et qui
roule : effroi
Il y a un grand nuage qui roule et il y a un petit
rat qui saute : torture
Il y a un grand nuage qui roule, il n'y a plus la terre,
il n'y a plus le ciel, un grand nuage roule : folie

Viens... je te réchaufferai de ma bouche...
il n'y a aucune main sur toi et ma poitrine va te garder
Tu me diras tout et je te consolerai et il
n'y aura plus de nuage... je veux être un
petit enfant pour jouer avec toi
Ne crie pas, la nuit n'est pas assez large
pour ton cri et il ne se perd pas; ne crie
pas, je suis inquiète aussi
Oh ! tu vas mourir !...

Le rat tourne et il joue avec l'effrayant silence qui
va l'absorber et il le sent et trop dure est la lutte
Il ne faut plus tourner, il vaut mieux songer encore
à l'odeur verte de l'étang et à la mère anxieuse

Le nuage roule dans l'énorme paix et le petit rat est
immobile étendu
Le rat devient un flocon de nuage gris et le nuage
chante

le ciel d'été qui fond en lui les parfums
la foule qui emporte l'homme solitaire
la lassitude qui prépare les femmes à l'amour
les paroles du père quand le fils veut partir
les caresses qui imposent le sommeil
le brouillard qui descend des montagnes lointaines
la pluie s'alourdissant sur les campagnes basses

Il n'y a plus que l'étendue
Et le nuage roule roule et roule

Le monde s'agrandit et c'est maintenant une mer sans rivages
Le monde sait que tout doit rentrer en lui
Et le monde attend
Et voici qu'un homme nage éperdument dans la mer qui est
la mort
Et la mer et le nageur vont jouer

Je ne suis plus qu'un léger tremblement de
mes lèvres et je ne sais plus où est le frisson
de mes mains
Couvre-moi de fleurs vaporeuses pour que
je m'évanouisse
Dis-moi des pensées folles où je puisse
m'égarer
Dis-moi des souvenances et des rêves et
des tristesses et des mélancolies pour que je
me dissolve dans mes pleurs
Rappelle-moi des dimanches l'après-midi sur
la terrasse engloutissant le soleil
Rappelle-moi les pas de mon amant quand
ses caresses m'avaient laissée pâmée

Ne prépare rien pour le départ
Parle-moi des vieilles soirées auxquelles je
ne voulais plus croire, parle-moi des paroles
de la mère oubliée et des baisers méconnus,
parle de choses faibles à mon âme faible...
Tire des rideaux blancs autour de moi et
verse l'huile dans la lampe : c'est un très
vieil air que je te demande de chanter...
Ce sera si bon de s'écouler toute entière
en aveux

Mais le nageur est fort et ses bras sont des cris exaltés
dans la mer enveloppante
Les champs profonds avec de grandes sources d'arbres
sonores sont en eux
Les lions affamés du désert et les orages aux éclairs
coupants ont mis leur vie en eux
Et les bras sont la pensée de bâtir la ville en haut des
pics et de percer les rocs

Ils veulent sauver la terre et le soleil flambant : ô
espoir qui éclatais en monceaux de blés
Ils veulent sauver la femme et l'enfant : ô grandeur
de se voir devant soi-même
Ils veulent sauver l'homme hurlant sa force et domptant
la houle
Ils veulent sauver leur gloire blanche

La mer est enveloppante et muette : elle est gonflée
d'elle-même et s'entoure d'elle-même et elle entoure
l'homme
La mer est immense et les bras sont en eux et n'en
sortent point
La mer et les nuages et l'horizon s'agrandissent et les
bras s'y meuvent
La mer se complaît au bruit mat des brassées du
nageur

Et les bras se distendent et se retendent et la mer est
autour
Et les bras s'exaltent de tout le corps qui les soutient
et les élève et ils ne veulent pas mourir
Et la mer se serre autour d'eux de toutes ses vagues
pliantes et souples
Et les bras qui luttent et tombent et disparaissent,
chantent

> *le rocher qui s'effondre d'un COUP !*
> *la femme qui délire dans le SPASME !*
> *le chien égaré par la PEUR !*
> *l'homme tourmenté par le MOT !*
> *l'homme qui fixe l'instant de sa MORT !*
> *l'homme qui lutte contre la MORT !*
> *le dernier cri des bras dans la MORT !*

Les bras ont disparu et la mer survole tout
Et c'est la mort et c'est la mort et c'est la mort.

> J'ai fermé les yeux à chaque saison et je
> m'étends au milieu d'elles pour mourir ;
> j'appelle le vent chaud pour me couvrir
> Tout est préparé : il y a tous les souve-
> nirs autour de moi et le présent est ici et
> rien ne m'attend plus
> Il est doux de mourir étendu sur soi-même
> et porté par soi-même et de mourir dans
> le silence

Le monde est seul avec lui-même et tout est mort
Et la mort a été dite de l'homme et de la montagne et du
soleil
Et la mort a été dite de la femme grave et de l'homme
Et la mort a été dite de la haute ville et de la foule
Et je suis seul pour chanter le cantique des morts

La descente des collines du côté du crépuscule — mort
Le baiser de la mère à son enfant — mort
Les yeux vers la mer allant vers la route — mort
Le silence ouvert par la parole — mort
La flamme s'élevant du bûcher — mort
Le parfum s'élevant de la fleur — mort

MORT

J'ai pris mes pensées et les ai dites en paroles — mort
Je t'ai dit des paroles d'adieu et tu n'as rien répondu — mort
J'ai rêvé cette nuit et au réveil j'ai vu la lumière — mort
Je t'avais conçue douce et tu ris d'amertume — mort
Le village inondé par le fleuve — mort
La mer qui monte vers l'horizon — mort

MORT

Et si tu cherches le calme après la révolte — tu mourras
Et si tu veux les caresses après les baisers — tu mourras
Et si tu désires t'écouter toi-même — tu mourras
Et si l'été tu languis te tournant vers l'automne — tu mourras
Et si le matin tu regardes la rivière couler — tu mourras
Et si tu luttes contre le monde — tu mourras tous les jours

MORT

Le monde est toujours tourné vers lui-même
Et les naissances ont brisé les pierres

Et la mort a emporté tout
Et le monde ne désire rien
Tranquillité mouvements silence

LE MONDE CONTINUE A VIVRE

TABLE

ACHEVÉ D'IMPRIMER
SUR LES PRESSES DE
L'IMPRIMERIE STUDIUM
22, RUE DES VOLONTAIRES PROLONGÉE
PARIS
LE 16 MAI 1918
1383ᵉ JOUR DE LA GUERRE